心一杯

松岡 眞理子

文芸社

もくじ

06 時の流れに

14 真摯に生きる

心一杯

時の流れに

幸福花《こうふくばな》

優しさにふれ
心潤い
笑顔に出会って
心躍る

それは
幸福を呼び込む花が
心に咲いたから

風に誘われ
幸福花でいっぱいの街

ある年に

春
若草萌える
百花繚乱
夏
不浄をも焦がす
灼熱の太陽
秋
情熱的な
紅葉の煌めき
冬
雪化粧して
閑散とした街

季節は巡り
またひとつ
歳を重ねる

共　感

♪～
音波が媒体を流れるように
心の音色を伝えよう

清い大気がみなぎり
まだ染まらずにいる
心の純白部分に
きれいな色が響いてくる

さまざまな思いを分かち合い
喜びや楽しみは倍増し
怒りや悲しみは半減すればいい

心と心を
共鳴させてみよう

2000年

千年紀と
神々しく天をかける超動物「辰」の年

なんとなく
新しい出来事が待っている予感

安住の地から旅に出よう
行き交う運命の風を受けながら
大海の煌めきを求めて
心の赴くままに

2001年

新世紀を迎えた街

満ちた日々求める
人たちがいる

その根源は
誰も知らない
はるか遠いマグマオーシャンの時代にある

マグマは
地球が誕生した頃の我々の姿

大地に包まれた
火の玉を受け継いで
熱く生きる
宿運の道

山茶花《さざんか》

北風と落葉樹
寒々とした冬に
山茶花が彩りを添え
活気づいている

つぼみは次から次へと開き
散った花びらは
地表に敷き詰められていく

そんな山茶花の勢いが和らぐと
春がやってくる

索漠とした人間模様に
山茶花のような華やぎがあればいい

旅立ち

ひとつの旅が終わり
また新しい旅が始まる

時事の流れに頷《うなず》きながら
移りゆく社会を思い
人々の流れに頷きながら
真実を見つめて輝いていたい
時には道端の草花にもひかれる
心のゆとりを持ちながら

さあ未来の扉を開けよう

真摯に生きる

愛と勇気

星空を仰ぎ
時を超越した宇宙を思う

宇宙は無から始まった
その無の中に
我々の原点を見る
無は秘めた限りない可能性

地平線に輝く光に
希望を重ね
愛と勇気をエネルギーにして
我が世界を広げていこう

風の中で

爽やかな風に誘《さそ》われ
夢を語る
優しい風が心にしみて
愛を語る

稜々たる風に
秘めた闘志をわかせ
陽ざしと微風を受けて輝く若葉のように
風光る春の瑞々しさを望む

日々の風を受けながら
自分色を見つけていく

枯木《こぼく》開花

枯れていたような木が芽吹き
つぼみが開く
春爛漫

やがて花びらが散り
葉が落ち
また冬が来る

禅宗にある「枯木開花」によれば
この世に変わらないものはなく
すべてが移りゆくものだという

つかの間　仏の教えにふれて
清新なエキスが体内に浸透していく

移りゆく日々に
老いる身体をゆだね
今を大切にして
心豊かな明日に生きる

藍

大自然の恵みが藍を育み
藍は
空を染めて海を染めて
生ある物を包んでいる

昔
藍染は
野良着や武士の鎧《よろい》の下着
火消し装束などに使われていた
殺菌作用があり
着用すると
夏は涼しく冬は温かいという

我々は藍を身にまとい
藍の神秘に
古代から守られて現代にいたる

藍に染まり
強さと優しさに満ちた
道を選ぶ

情　熱

太陽エネルギーがふりそそぎ
万物を育む光と熱の源泉が
大地のマグマと呼応して
熱い血潮を包み込んでいく

情熱は生きている証

体内エネルギーよ
もっと湧き上がれ
より良く生きるために

寒さの中で

冬の寒さに耐えて
春の光を浴びよう
北風にさらされた
チューリップの球根が芽吹き
自分らしく開花するように

温もりを求めて
今を意識して生きてみよう

道

道が分かれていたら
どちらを選ぶかは
心の声に従いましょう
そして前に進むだけ

雨が降り嵐になっても
いつか晴れる時が来るのだから

道沿いに
種をまきましょう
いつの日か振り返った時に
人生が花でいっぱいになるように

セピア絵の調べ

名の由来

幼少の頃
庵主さんがお経を唱えに来た
母が玄関戸を開けてお布施を渡すと
声高にお経を唱えて立ち去った

ある時
母が言った
“あなたが生まれて間もない頃も
　庵主さんはやって来たのよ”
母は私を抱いて
お経を唱えてもらった

その時
庵主さんは言った
“まりみたいに丸くてかわいい赤ちゃん
　名前は何ていうのですか？”
“まだつけてないのですよ”
“では、まりちゃんにしたら？”

父が役所へ届けに行き
私は眞理子になった

宣伝ビラ

近所のお友だちと
外で遊んでいた

ヘリコプターが飛んできて
ビラをたくさんまいていった

ひらひらと舞い降りてくる紙片を
一生懸命集めて家へ持ち帰った

遠い道のり

幼稚園に入園してまもなく
帰りに友人の家に寄った

何をして遊んだかは
もう覚えていない

おばさんが
“この道をずっとまっすぐ行くと
　おうちに着くからね”
道を指さして教えてくれた

知らない道がどのくらい続いただろう
前方に母と一緒に行く商店街が見えてきた

冬の思い出

中庭に石炭が
山と積まれていた

ストーブ当番になると
バケツを持って石炭を取りに行く

小学生の頃の話だ

ある年の冬
ストーブが置かれた側に私の席があった

暖かすぎて
顔を真っ赤にして授業を受けていた

休み時間に
後ろの席の子たちが
暖を取りにストーブを囲む

一瞬冷たい空気が通り過ぎ
火照りが引いていった

“君の席は暖かくていいなあ”

いいかもしれないと思った

好き嫌い

小学３年生の給食時間
いつものように一口も食べないおかず

“嫌いなものだけ先生の器に入れなさい”

私の嫌いなものを
先生が食べてくださった

そんな日がしばらく続いて
いつの間にか
残さず全部食べている自分がいた

今は何でも大好き
グルメおばさんの
感謝の思い出

道しるべ

気がつくと
暗闇の中に独りで立っていた

道が見えず
ただひたすら明かりを求めていた

ある日
一筋の光がさしてきて
その光に向かって駆けだした

行く手には緑の森と青い空

明るい未来が開けていた

くらしと共に

赤ちゃん

きれいな瞳　小さな手
柔らかくてつるつるの肌
大切な小さな命
大事に大事に抱っこした

育つにつれて
いろんな表情を見せてくれた

いたずらしている時の探究心に富んだ眼
叱られた時の困ったような顔
ママを見つけた時のうれしそうな笑み

かわいいかわいい私の赤ちゃん

中耳炎

肌寒い土曜の昼過ぎ
昼寝をしていた１歳７ヵ月の息子が
急に泣き出した
何をしても泣き止まない

休日診療所へ電話した
中耳炎の疑いがあると言う
病院を紹介してくれた
その日　近くの耳鼻科は皆休診
二つ隣の街へ
しかも午後４時までに
行かねばならなかった

泣きじゃくる彼を背負い
ママコートを着て走る

やっぱり中耳炎
彼は
まだ“耳が痛いよ”と言えない
ただ泣いて訴えるだけ

早く気づいてあげられなくて
ごめんね

帰国した日

飛行機が啓徳《カイタク》空港を離れていく
３年６ヵ月の香港駐在が終わった
熱き思いと幾多の光景が脳裏を駆けめぐる
多謝《トーチェ》！　そして再見《ツァイキン》！

1986年
東京は３月の雪模様
着陸困難の為
沖縄で待機の機内アナウンス
グレーの戦闘機が窓から見えた

夜　成田着
除雪された滑走路
込み合った空港内

バスとタクシーを乗り継ぎ
日付が変わった午前１時
ようやく我が家に帰ってきた

雪が積もった道路には
タイヤの跡だけが続いている
静寂の中
車を降りた子どもたちが
うれしそうにはしゃいでいる

ガチャガチャと
鍵を差し込み回す音が響く

ドアが開いた
電気 OK
水道 OK
ガスはつかない
押し入れから寝具を出して
もぐり込んだ

長かった一日が終わり
なつかしい畳の部屋で
安堵の眠りについた

別　れ

ずっと眠り続けて動かない
父の死という現実

僧侶の読経が響く

父の姿は
荼毘に付されれば
もう決して見ることができない

そう思ったら
目の前がかすみ
涙が頬を伝っていった
ハンカチで拭っても
溢れる涙は止めようもなく
流れ落ちていた

庭の手入れ

枝を切る時
“痛くない？　ごめんね”
花木に話しかけてみる

“あなたの髪が伸びたら
　カットするのと同じですよ”

そんな声が聞こえた気がして
せっせと切り揃える

きれいに床屋さんをした
庭がある

愛・地球博

会場へのアクセス
リニモ
会場を走るIMTS
グローバル・トラム、キッコロ・ゴンドラ
自転車タクシー
長久手と瀬戸会場を結ぶ
燃料電池バス、モリゾー・ゴンドラ

小雪がちらついた開幕日から
ドライミストで涼む炎暑を経て
最高潮で閉幕した愛知万博

想像の世界でしかなかった
マンモスとの出会い

グローバル・ループから見渡す
工夫を凝らした建築物やオブジェたち
各パビリオン内は
環境と経済の共生に向けた
自然の叡智の集結だ

心惹き付けられた
愛・地球広場の
精霊や妖精たちによる
森林舞踏会のパフォーマンス
こいの池の
自然との共生を凝視するかのように
目を見開いた巨大なスノーモンキー
瀬戸日本館の
日本情緒をかもし出す群読叙事詩劇
自然とのふれあいを体験できた
「里の自然学校」「森の自然学校」

途切れることのない行列
溢れる群衆
夜空にライトアップされた
マウンテン・ルーフの赤富士と大観覧車
実り多かった日々がよみがえってくる

愛・地球博は
2005年の頁を
「感動」という色彩で残してくれた

ジョギング

梅の花咲く季節になるとジョギングを始める
緑に囲まれ樹木が空に伸びる道
犬の散歩コースを走る

毎年開催される
千種区・名東区家族ジョギング・ウォーキング大会
平和公園メタセコイア広場に
老若男女3000人が集合
ジョギングの人たちがスタートしてから
ウォーキングの人たちが続く

スタートの合図で
元気な子どもたちが飛び出していく
メタセコイアと猫ヶ洞池を背にして
前方の視界が開けていく

ユーカリビニールハウスが近づくと
２㎞コースへの分岐点がある

献体の塔辺りまで来ると上り坂になり苦しい

だけど一歩ずつ前に進めば必ず上り坂は終わる
平和公園アクアタワーが見えてきた

歩くにはあまり気にならない程度だが
走るとコースの起伏に気づく
人生もアップダウンがある
今走っているこのファイトで乗り越えたい

だんだん全身が温かくなって汗が出てくる
ブルゾンのファスナーを開けて走る

遠くに「虹の塔」が
次に「平和堂」が見えてくる
沿道には梅の花がきれいに咲いている
「あと１㎞」と書かれた標示板を通り過ぎた
どんどん走る
もうすぐゴールだ

躍動感と達成感に魅せられて
４㎞コースに思いを寄せて走る
今年、大会参加10回目

心のままに

さらりと生きたい

小川のせせらぎをBGMにして
澄んだ空とぽっかり浮かぶ雲の下
さらさら揺らぐ木の葉に
通り抜ける風を感じ
やわらかい木洩れ日の中
森林浴をする
さらりと生きる明日のために

共　存

もの思う心と
自由に動けるこの身が
二つの存在ならば
生を受けてから
ずっと運命を共にしてくれた
この身に感謝!!

あなたは生涯を通じての
無二の親友

水が循環するように
やがてこの身も荼毘に付され
大地に返る時が来る
次の新しい命のために

その時まで
相棒さん
元気でつきあってくださいね

消　耗

夢中で過ごしたあと
古くなったロボットみたいに
疲れ切った自分がいる
部品交換できない生身の体
回復を待つしかない

壊れないように
治療していきましょう
休養と睡眠は効果的
栄養バランスのとれた食事も
大切らしい
だけど楽しく過ごすことが
一番の特効薬かな

五十肩

背中に手を回すと痛かった
そのうち手は上がらなくなった

夜痛くて目が覚める
持っていたものを落としそうになって
とっさの動作に激痛が走る

動かさないでいても苦しい
軽く動かしていたほうが少し楽

お医者様の話では
４本足のほ乳類が２本足になって
肩に負担がかかるようになったらしい

待ち時間

今は元気でもだんだん体が弱って
この世を去る日が来るのだろうか

ふと
どこからかぽつりと聞き慣れた言葉
“順番ですから”
“えっ！　やっぱりこれも待ち時間があるの？”

運命の糸が絶えたとき
神様が
看板を持って立っておられるのかしら

毎日
世界中でたくさんの誕生と永眠がある
きっとそこは長蛇の列

老化は進んでいる

存　在

限りなく広い宇宙
空に輝く無数の星たち
その中にひときわ美しい「地球」がある

ビッグバンから
果てしなく永い時間が流れ
たくさんの銀河が誕生した
その銀河の一つに
2000億個の星からなる
直径10万光年の銀河系がある
その中心から３万光年離れた
渦状に星が集まる「オリオン腕《わん》」の端に位置する
太陽系の第３惑星が地球なのだ

地球上に
最初の生命が誕生してから
幾度も進化を繰り返し
ようやく人類が出現した

世界地図における日本
日本列島の中の我が家

宇宙誕生から現在までを一年間で表した
コズミックカレンダー

宇宙世界から見て
ごくわずかな今という瞬間
私はここに生きている

あとがき

●●●

科学が進歩した現代においても、まだ未知な部分が多くあります。それが人間の想像を駆り立て、脳裏に浮かんだ絵が言葉になるのだと思います。

私は、人間の喜怒哀楽というさまざまな感情がどのようにして生じるのか、不思議に思った時がありました。

ちょうどその頃、雲仙普賢岳の噴火があり、マグマに興味を持ちました。少し激しい表現になりますが、人間の感情は、何らかの作用で体内から湧き上がってきて、一定量を超えると、噴火に類似した現象になるのかもしれないと考えるようになりました。

「想像」という、マグマに類似した現象の思いつきを機に、広大無辺の宇宙にも関心を持ち始めました。

　そしてこのたび、文芸社のご協力をいただき、そのような宇宙の神秘を題材にしたものから郷愁にも似た記憶に至るものまでの33編の詩を一冊にまとめ、出版の運びとなりました。

　本書の出版に際しまして、ご尽力いただきました文芸社の皆様に、厚くお礼申し上げます。

著者プロフィール

松岡 眞理子（まつおか まりこ）

1952年生まれ、愛知県在住。
1993年に貴澄流押絵師範免状取得。
現在、「わらく会」と称した講座を開き、教材による押絵を製作することで地域の人たちと交流。その傍ら、オリジナル創作にも取り組んでいる。
和の広がりとして和装にも関心を持ち、2004年には、きものレディ着付学院認可着付講師の資格を取得。

心一杯

2008年３月15日　初版第１刷発行

著　者　松岡 眞理子
発行者　瓜谷 綱延
発行所　株式会社文芸社
〒160-0022　東京都新宿区新宿１－10－１
電話　03-5369-3060（編集）
03-5369-2299（販売）

印刷所　株式会社フクイン

ISBN978-4-286-04314-2